PADRE SÉRGIO

Liev Tolstói

Tradução: Jan Wigmar

Título Original:
Отец Сергий (Otets Sergiy)
Tolstói, Liev Nikoláievitch, 1828 - 1910

Tradução: Jan Wigmar
Independently published
ISBN: 9798425860644

facebook.com/DyingTreeBooks

© 2022 Dying Tree Books

Sumário

PADRE SÉRGIO

I

Em Petersburgo, na década de 1840, ocorreu um evento surpreendente. Um oficial da Guarda de Vida, um belo príncipe que todos previam que se tornaria ajudante de campo do imperador Nikolai I, e teria uma carreira brilhante, deixou o serviço, rompeu seu noivado com uma bela dama de honra, uma favorita da Imperatriz, deu sua pequena propriedade para sua irmã e se retirou para um mosteiro para se tornar um monge.

Esse evento parecia extraordinário e inexplicável para aqueles que não conheciam seus motivos internos, mas para o próprio príncipe Stepan Kasatsky tudo ocorreu tão naturalmente que ele não conseguia imaginar como poderia ter agido de outra forma.

Seu pai, um coronel aposentado da Guarda, havia morrido quando Stepan tinha doze anos e, por mais que sua mãe estivesse se separando de seu filho, ela o inscreveu no Colégio Militar como seu falecido marido pretendia.

A própria viúva, com sua filha Varvara, mudou-se para Petersburgo para ficar perto de seu filho e tê-lo com ela nas férias.

O menino se distinguia tanto por sua brilhante habilidade quanto por sua imensa autoestima. Ele foi o primeiro nas ciências – especialmente em matemática, da qual ele gostava particularmente – e também em exercícios militares e equitação. Embora de estatura acima da média, ele era bonito e ágil, e teria sido um cadete totalmente exemplar se não fosse por seu temperamento explosivo. Ele era notavelmente sincero e não era dissipado nem viciado em bebida. As únicas faltas que marcaram sua conduta foram os acessos de fúria a que foi submetido e durante os quais perdeu o controle de si mesmo e se tornou como um animal selvagem. Certa vez, ele quase jogou pela janela outro cadete que começou a provocá-lo sobre sua coleção de minerais. Em outra ocasião, ele ficou quase completamente desgostoso ao arremessar um prato inteiro de costeletas em um oficial que atuava como mordomo, atacando-o e, dizia-se, golpeando-o por ter quebrado sua palavra e contado uma mentira descarada. Ele certamente teria sido reduzido às fileiras se o Diretor do Colégio não tivesse abafado todo o assunto e dispensado o administrador.

Aos dezoito anos, terminou o curso universitário e recebeu uma comissão como tenente de um regimento aristocrático da Guarda.

O imperador Nikolai Pavlovitch notou-o enquanto ainda estava no Colégio e continuou a notá-lo no regimento, e foi por isso que as pessoas previram para ele uma nomeação como ajudante de campo para o Imperador. O próprio Kasatsky o desejava fortemente, não apenas por ambição, mas principalmente porque desde seus dias de cadete ele era apaixonadamente dedicado a Nikolai Pavlovich. O imperador tinha visitado muitas vezes o Colégio Militar e todas as vezes que Kasatsky via aquela figura alta e ereta, com o peito dilatado em seu sobretudo militar, entrando com passo enérgico, via as costeletas cortadas, o bigode, o nariz aquilino, e ouvia a voz sonora trocando cumprimentos com os cadetes, foi tomado pelo mesmo arrebatamento que experimentou mais tarde ao conhecer a mulher que amava. De fato, sua adoração apaixonada pelo imperador era ainda mais forte: ele desejava sacrificar algo – tudo, até a si mesmo – para provar sua completa devoção. E o imperador Nikolai estava consciente de evocar esse arrebatamento e o despertou deliberadamente. Brincava com os cadetes, rodeava-se deles, tratando-os ora com simplicidade infantil, ora como amigo, ora com majestosa solenidade. Depois daquele caso com o oficial, Nikolai Pavlovitch não disse nada a Kasatsky, mas quando este se aproximou, ele acenou-lhe teatralmente, franziu a testa, sacudiu o dedo para ele e depois, ao sair, disse: "Lembre-se de que eu sei tudo. Há algumas coisas que eu preferiria não saber, mas elas permanecem aqui", e ele apontou para o coração.

Ao sair do Colégio, os cadetes foram recebidos pelo imperador, ele não voltou a referir-se à ofensa de Kasatsky, mas disse a todos, como era seu costume, que deveriam servir a ele e à pátria lealmente, que ele sempre seria seu melhor amigo, e que, quando necessário, eles pudessem abordá-lo diretamente. Todos os cadetes, como sempre, ficaram muito emocionados, e Kasatsky até derramou lágrimas, lembrando o passado, e jurou que serviria seu amado tsar com toda a sua alma.

Quando Kasatsky assumiu seu cargo, sua mãe se mudou com a filha primeiro para Moscou e depois para sua propriedade rural. Kasatsky deu metade de sua propriedade para sua irmã e manteve apenas o suficiente para se manter no dispendioso regimento em que se juntou.

Ao que parecia, ele era apenas um jovem oficial comum e brilhante da Guarda fazendo carreira; mas esforços intensos e complexos continuavam dentro dele. Desde a infância, seus esforços pareciam ser muito variados, mas essencialmente eram todos a mesma coisa. Ele tentou em tudo o que fez para alcançar tal sucesso e perfeição que evocasse elogios e surpresa. Quer fossem seus estudos ou seus exercícios militares, ele os adotou e trabalhou neles até ser elogiado e considerado um exemplo para os outros. Dominando um assunto, ele assumiu outro e obteve o primeiro lugar em seus estudos. Por exemplo, enquanto ainda estava no Colégio, ele notou em si mesmo um constrangimento na conversação em francês, e conseguiu dominar o francês até falar tão bem quanto o russo, e depois começou a jogar xadrez e se tornou um excelente jogador.

Além de sua vocação principal, que era o serviço ao seu tsar e à pátria, sempre se propôs algum objetivo particular, e por mais insignificante que fosse, dedicou-se completamente a ele e viveu para ele até que fosse realizado. E assim que fosse alcançado outro objetivo se apresentaria imediatamente, substituindo seu antecessor. Essa paixão por se distinguir, ou por realizar algo para se distinguir, encheu sua vida. Ao assumir o cargo, ele se empenhou em adquirir a máxima perfeição no conhecimento do serviço, e logo se tornou um oficial modelo, embora ainda com a mesma falha de irascibilidade ingovernável, que aqui no serviço novamente o levou a cometer atos hostis ao seu sucesso. Então ele começou a ler, tendo uma vez na conversa em sociedade se sentido deficiente na educação geral – e novamente alcançou seu objetivo. Em seguida, desejando garantir uma posição brilhante na alta sociedade, aprendeu a dançar com excelência e logo foi convidado para todos os bailes dos melhores círculos e para algumas de suas reuniões noturnas. Mas isso não o satisfez: ele estava acostumado a ser o primeiro, e nesta sociedade estava longe de sê-lo.

A mais alta sociedade consistia então, e acho que sempre consistirá, em quatro tipos de pessoas: pessoas ricas que são recebidas na corte, pessoas não ricas, mas nascidas e criadas em círculos da corte, pessoas ricas que se insinuam na corte e pessoas nem ricas nem pertencentes à Corte, mas que se insinuam no primeiro e no segundo conjuntos.

Kasatsky não pertencia aos dois primeiros conjuntos, mas foi prontamente bem-vindo nos outros. Ao entrar na sociedade, ele decidiu se conectar com alguma dama da sociedade e, para sua própria surpresa, rapidamente cumpriu esse objetivo. Ele logo percebeu, no entanto, que os círculos em que se movia não eram os mais altos e que, embora fosse recebido nas esferas mais altas, não pertencia a elas. Eles foram educados com ele, mas mostraram por toda a sua maneira que tinham seu próprio conjunto e que ele não fazia parte dele. E Kasatsky desejava pertencer a esse círculo íntimo. Para atingir esse fim seria necessário ser um ajudante de campo do Imperador – que ele esperava se tornar – ou casar-se nesse grupo exclusivo, o que ele resolveu fazer. E sua escolha recaiu sobre uma beldade pertencente à Corte, que não apenas pertencia ao círculo em que desejava ser aceito, mas cuja amizade era cobiçada pelas pessoas mais altas e aquelas mais firmemente estabelecidas nesse círculo mais alto. Esta era a Condessa Korotkova. Kasatsky começou a cortejá-la, e não apenas por causa de sua carreira. Ela era extremamente atraente e ele logo se apaixonou por ela. No início, ela foi visivelmente fria com ele, mas de repente mudou e tornou-se graciosa, e sua mãe lhe deu convites urgentes para visitá-las. Kasatsky fez uma oferta e foi aceito. Ele ficou surpreso com a facilidade com que alcançou tal felicidade. Mas, embora notasse algo estranho e incomum no comportamento de mãe e filha em relação a ele, ele estava cego por estar tão profundamente apaixonado e não percebeu o que quase toda a cidade sabia – isto é, que sua noiva havia sido amante de Nikolai Pavlovitch no ano anterior.

II

Duas semanas antes do dia marcado para o casamento, Kasatsky estava em Tsarskoye Selo, na casa de campo de sua noiva. Era um dia quente de maio. Ele e sua noiva tinham caminhado pelo jardim e estavam sentados em um banco em um beco sombreado de tília. O vestido de musselina branca de Mary combinava com ela particularmente bem, e ela parecia a personificação da inocência e do amor enquanto estava sentada, ora inclinando a cabeça, ora olhando para o homem muito alto e bonito que estava falando com ela com particular ternura e autocontrole, como se temesse por palavras ou gestos ofender ou manchar sua pureza angelical.

Kasatsky pertencia àqueles homens dos anos 1840 (eles agora não são mais encontrados) que, embora deliberadamente e sem escrúpulos de consciência tolerando a impureza em si mesmos, exigiam pureza ideal e angelical em suas mulheres, consideravam todas as mulheres solteiras de seu círculo como possuidoras de tal pureza e as tratavam de acordo. Havia muito de falso e prejudicial nessa visão, no que diz respeito à frouxidão que os homens se permitiam, mas em relação às mulheres essa visão antiquada (muito diferente daquela sustentada pelos jovens de hoje que veem em cada menina apenas uma fêmea procurando um companheiro) era, eu acho, de valor. As meninas, percebendo tal adoração, esforçavam-se com mais ou menos sucesso para serem deusas.

Essa era a visão que Kasatsky tinha das mulheres, e era assim que ele considerava sua noiva. Ele estava particularmente apaixonado naquele dia, mas não experimentou nenhum desejo sensual por ela. Pelo contrário, ele a considerava com terna adoração como algo inatingível.

Ele se levantou em toda a sua altura, de pé diante dela com ambas as mãos em seu sabre.

"Só agora percebi a felicidade que um homem pode experimentar! E foi você, minha querida, que me deu essa felicidade", disse ele com um sorriso tímido.

Os carinhos ainda não haviam se tornado comuns entre eles, e sentindo-se moralmente inferior, sentiu-se apavorado neste estágio de usá-los para tal anjo.

"Eu me reconheci graças a... você. Aprendi que sou melhor do que pensava."

"Eu sei disso há muito tempo. Foi por isso que comecei a amar você."

Os rouxinóis cantavam por perto e as folhas frescas farfalhavam, movidas por uma brisa que passava.

Ele pegou a mão dela e a beijou, e lágrimas vieram em seus olhos.

Ela entendeu que ele estava agradecendo por ter dito que o amava. Ele silenciosamente deu alguns passos para cima e para baixo, e então se aproximou dela novamente e se sentou.

"Sabe... eu tenho que te dizer... eu não estava desinteressado quando comecei a fazer contato com você. Eu queria entrar na sociedade; mas depois... como isso se tornou sem importância em comparação a você – quando eu conheci você. Você não está zangada comigo por isso?"

Ela não respondeu, apenas tocou a mão dele. Ele entendeu que isso significava: "Não, eu não estou zangada."

"Você disse..." ele hesitou. Parecia ousado demais para dizer. "Você disse que começou a me amar. Eu acredito – mas há algo que a incomoda e preocupa seu sentimento. O que é?"

"Sim... agora ou nunca!" pensou ela. "Ele saberá disso de qualquer maneira. Mas agora ele não me abandonará. Ah, se ele fosse embora, seria terrível!" E ela lançou um olhar amoroso para sua figura alta, nobre e poderosa. Ela o amava agora mais do que ela amava o tsar, e fora a dignidade imperial não teria preferido o imperador a ele.

"Ouça! Eu não posso te enganar. Eu tenho que te dizer. Você pergunta o que é? É que eu amei antes."

Ela novamente colocou a mão na dele com um gesto de súplica. Ele ficou em silêncio.

"Você quer saber quem foi? Foi... o Imperador."

"Todos nós o amamos. Posso imaginar você, uma colegial do Instituto..."

"Não, foi mais tarde. Eu estava apaixonada, mas passou... Devo dizer-lhe..."

"Bem, e daí?"

"Não, não foi simplesmente..." Ela cobriu o rosto com as mãos.

"O que? Você se entregou a ele?"

Ela ficou em silêncio.

"Sua amante?"

Ela não respondeu.

Ele se levantou e parou diante dela com as mandíbulas trêmulas, pálido como a morte. Ele agora se lembrava de como Nikolai Pavlovich, encontrando-o em Nevsky, o parabenizou amigavelmente.

"Ó Deus, o que eu fiz! Stiva!"

"Não me toque! Não me toque! Oh, como dói!"

Ele se virou e foi para a casa. Lá ele encontrou a mãe dela.

"Qual é o problema, príncipe? Eu..." Ela ficou em silêncio ao ver o rosto dele. O sangue de repente correu para seu rosto.

"Você sabia disso e me usou para protegê-los! Se você não fosse uma mulher...", ele gritou, erguendo o punho enorme e, virando-se para o lado, fugiu.

Se o amante de sua noiva fosse uma pessoa privada, ele o teria matado, mas era seu amado tsar.

No dia seguinte, pediu licença e dispensa e, alegando estar doente, para não ver ninguém, foi para o campo.

Ele passou o verão em sua aldeia organizando seus negócios. Quando o verão acabou, ele não voltou a São Petersburgo, mas entrou em um mosteiro e lá se tornou monge.

Sua mãe escreveu para tentar dissuadi-lo desse passo decisivo, mas ele respondeu que sentia o chamado de Deus que transcendia todas as outras considerações. Apenas sua irmã, tão orgulhosa e ambiciosa quanto ele, o compreendia.

Ela entendeu que ele havia se tornado monge para estar acima daqueles que se consideravam seus superiores. E ela o entendeu corretamente. Ao tornar-se monge, ele mostrou desprezo por tudo o que parecia mais importante para os outros e assim lhe parecera enquanto estava no serviço, e agora ascendeu a uma altura de onde podia olhar para baixo aqueles que antes invejava... Mas não foi só isso, como supôs sua irmã Varvara, que o influenciou. Havia também nele algo mais – um sentimento religioso sincero que Varvara não conhecia, que se entrelaçava com o sentimento de orgulho e o desejo de preeminência, e o guiava. Sua desilusão com Maria (a noiva), a quem ele havia pensado de pureza angelical, e seu sentimento de injúria, foram tão fortes que o levaram ao desespero, e o desespero o levou a quê? – A Deus, à fé de sua infância que nunca havia sido destruída nele.

III

Kasatsky entrou no mosteiro na festa da Intercessão da Santíssima Virgem. O abade daquele mosteiro era um cavalheiro de nascimento, um escritor erudito e um ancião, ou seja, pertencia àquela sucessão de monges originários da Valáquia, monges que obedeciam mansamente ao seu líder e professor escolhido. Esse superior tinha sido discípulo do ancião Ambrósio, discípulo de Makarius, discípulo do ancião Leonid, discípulo de Paisius Velichkovsky.

A isso o abade Kasatsky se submeteu como seu ancião escolhido. Aqui no mosteiro, além do sentimento de ascendência sobre os outros que tal vida lhe dava, ele se sentia muito como havia feito no mundo: ele encontrava satisfação em atingir a maior perfeição possível tanto exterior quanto interiormente. Assim como no regimento ele não foi apenas um oficial irrepreensível, mas até ultrapassou seus deveres e alargou os limites da perfeição, também como monge procurou ser perfeito, sempre foi trabalhador, abstêmio, submisso e manso, bem como puro tanto em ação quanto em pensamento, e obediente. Esta última qualidade em particular tornou a vida muito mais fácil para ele. Se muitas das exigências da vida no mosteiro, que ficava perto da capital e muito frequentado, não lhe agradavam e eram tentações para ele, todas eram anuladas pela obediência: "Não me cabe raciocinar; meu trabalho é cumprir a tarefa que me foi proposta, seja de pé ao lado das relíquias, cantando no coro ou fazendo contas na casa de hóspedes do mosteiro." Toda possibilidade de dúvida sobre qualquer coisa foi silenciada pela obediência aos anciãos. Se não fosse por isso, ele teria sido oprimido pela extensão e monotonia dos serviços da igreja, a agitação dos muitos visitantes e as más qualidades dos outros monges. Como era, ele não apenas suportou tudo com alegria, mas encontrou nele consolo e apoio. "Não sei por que é necessário ouvir as mesmas orações várias vezes ao dia, mas sei que é necessário; e sabendo disso, encontro alegria nelas." Seu ancião lhe disse que, assim como o alimento material é necessário para a manutenção da vida do corpo, o alimento espiritual – as orações da igreja – é necessário para a manutenção da vida espiritual. Ele acreditava nisso e, embora os cultos da igreja, para os quais ele tinha que se levantar de manhã cedo, fossem uma dificuldade, eles certamente o acalmaram e lhe deram alegria. Isso era fruto de sua consciência de humildade e da certeza de que tudo o que ele tinha que fazer, sendo fixado pelo ancião, estava certo.

O interesse de sua vida consistia não apenas em uma subjugação cada vez maior de sua vontade, mas na obtenção de todas as virtudes cristãs, que a princípio lhe pareciam facilmente alcançáveis. Ele havia dado toda a sua propriedade à irmã e não se arrependeu, não tinha reivindicações pessoais, a humildade para com os inferiores não era apenas fácil para ele, mas lhe dava prazer. Mesmo a vitória sobre os pecados da carne, ganância e luxúria, foi facilmente alcançada. Seu ancião o havia advertido especialmente contra esse último pecado, mas Kasatsky se sentiu livre dele e ficou feliz.

Uma coisa só o atormentava: a lembrança de sua noiva; e não apenas a lembrança, mas a imagem vívida do que poderia ter sido. Involuntariamente, lembrou-se de uma senhora que conhecia que fora a favorita do imperador, mas que depois se casou e se tornou uma admirável esposa e mãe. O marido tinha uma alta posição, influência e honra, e uma esposa boa e penitente.

Em suas melhores horas, Kasatsky não se perturbava com tais pensamentos, e quando os lembrava nessas horas, ficava apenas feliz por sentir que a tentação havia passado. Mas havia momentos em que tudo o que compunha sua vida presente subitamente se esvanecia diante dele, momentos em que, se não deixasse de acreditar nos objetivos que se propusera, deixava de vê-los e não podia evocar nenhuma confiança neles, mas era tomado por uma lembrança e – terrível dizer – um arrependimento pela mudança de vida que ele havia feito.

A única coisa que o salvou nesse estado de espírito foi a obediência e o trabalho, e o fato de que o dia inteiro foi ocupado pela oração. Ele passou pelas formas usuais de oração, ele se curvou em oração, ele até orou mais do que o habitual, mas foi apenas da boca para fora e sua alma não estava nisso. Essa condição continuaria por um dia, ou às vezes por dois dias, e então passaria por si mesma. Mas aqueles dias foram terríveis. Kasatsky sentiu que não estava em suas próprias mãos nem nas de Deus, mas estava sujeito a outra coisa. Tudo o que ele podia fazer então era obedecer ao ancião, conter-se, não fazer nada e simplesmente esperar. Em geral, durante todo esse tempo, ele viveu não por sua própria vontade, mas pela do ancião, e nessa obediência encontrou uma tranquilidade especial.

Então ele viveu em seu primeiro mosteiro por sete anos. No final do terceiro ano recebeu a tonsura e foi ordenado sacerdote com o nome de Sérgio. A profissão foi um evento importante em sua vida interior. Ele havia experimentado anteriormente um grande consolo e exaltação espiritual ao receber a comunhão, e agora quando ele próprio oficiava, a execução da preparação o enchia de êxtase e profunda emoção. Mas, posteriormente, esse sentimento tornou-se cada vez mais amortecido, e uma vez, quando ele estava oficiando em um estado de espírito deprimido, sentiu que a influência produzida sobre ele pelo serviço não duraria. E de fato enfraqueceu até que restasse apenas o hábito.

Em geral, no sétimo ano de sua vida no mosteiro Sérgio ficou cansado. Ele aprendeu tudo o que havia para aprender e alcançou tudo o que havia para alcançar, não havia mais nada a fazer e sua sonolência espiritual aumentou. Durante esse tempo, ele ouviu falar da morte de sua mãe e do casamento de sua irmã Varvara, mas ambos os eventos foram indiferentes para ele. Toda a sua atenção e todo o seu interesse estavam concentrados na sua vida interior.

No quarto ano de seu sacerdócio, durante o qual o bispo foi particularmente gentil com ele, o ancião lhe disse que ele não deveria recusar se lhe fosse oferecido um cargo para cargos mais elevados. Então a ambição monástica, a mesma coisa que ele achava tão repulsiva em outros monges, surgiu dentro dele. Ele foi designado para um mosteiro perto da metrópole. Ele quis recusar, mas o ancião ordenou que ele aceitasse a nomeação. Ele assim o fez, despediu-se do ancião e mudou-se para o outro mosteiro.

A troca para o mosteiro metropolitano foi um evento importante na vida de Sérgio. Lá ele encontrou muitas tentações, e toda a sua força de vontade se concentrou em enfrentá-las.

No primeiro mosteiro, as mulheres não eram uma tentação para ele, mas aqui essa tentação surgiu com terrível força e até tomou forma definitiva. Havia uma senhora conhecida por seu comportamento frívolo, que começou a bajular Sérgio. Ela conversou com ele e pediu que ele a visitasse. Sérgio recusou severamente, mas ficou horrorizado com a definição de seu desejo. Ele ficou tão alarmado que escreveu sobre isso para o ancião. E, além disso, para se controlar, falou com um jovem noviço e, vencendo a vergonha, confessou-lhe sua fraqueza, pedindo-lhe que o vigiasse e não o deixasse ir a lugar algum, exceto para servir e cumprir suas obrigações.

Além disso, uma grande armadilha para Sérgio estava no fato de sua extrema antipatia por seu novo abade, um homem astuto e mundano que estava fazendo carreira na Igreja. Por mais que lutasse consigo mesmo, não conseguia dominar esse sentimento. Ele foi submisso ao abade, mas no fundo de sua alma nunca deixou de condená-lo. E no segundo ano de sua residência no novo mosteiro, esse mal-estar estourou.

O serviço da Vigília estava sendo realizado na grande igreja na véspera da festa da Intercessão da Santíssima Virgem, e havia muitos visitantes. O próprio abade estava conduzindo o serviço. Padre Sérgio estava de pé em seu lugar habitual e orando: isto é, ele estava naquela condição de luta que sempre o ocupava durante o culto, especialmente na grande igreja quando ele não estava conduzindo o culto. Este conflito foi ocasionado por sua irritação com a presença de cavalheiros, especialmente damas. Ele tentou não vê-los ou notar tudo o que acontecia: como um soldado os conduzia, empurrando o povo para o lado, como as damas apontavam os monges umas para as outras - especialmente ele e um monge conhecido por sua boa aparência. Ele tentou, por assim dizer, manter sua mente em antolhos, não ver nada além da luz das velas na iconóstase, os ícones e aqueles que conduziam o serviço. Ele tentava não ouvir nada além das orações que estavam sendo cantadas ou lidas, sentir nada além de auto-esquecimento na consciência do cumprimento do dever – um sentimento que sempre experimentava ao ouvir ou recitar antecipadamente as orações que ouvira tantas vezes.

Então ele se levantou, benzendo e se prostrando quando necessário, e lutou consigo mesmo, ora cedendo lugar a uma condenação fria e ora a uma obliteração conscientemente evocada de pensamento e sentimento. Então o sacristão, padre Nicodemos – também uma grande pedra de tropeço para Sérgio que involuntariamente o repreendeu por forjar e bajular o abade – aproximou-se dele e, curvando-se, pediu sua presença atrás do altar. O padre Sérgio endireitou o manto, vestiu o barrete e atravessou a multidão com cautela.

"Lise, regardez a droit, c'est liu!"[1] ele ouviu a voz de uma mulher dizer.

"Ou, ou? Il n'est pas tellement beau."[2]

Ele sabia que eles estavam falando dele. Ouviu-os e, como sempre nos momentos de tentação, repetiu as palavras: "Não nos deixeis cair em tentação", e baixando a cabeça e baixando os olhos passou pelo púlpito e entrou pela porta norte, evitando os cónegos de batina que estavam passando pelo telão do altar. Ao entrar no santuário, ele se curvou, benzendo-se como de costume e dobrando-se diante dos ícones. Então, erguendo a cabeça, mas sem se virar, olhou com o canto do olho para o abade, que viu de pé ao lado de outra figura resplandecente.

O abade estava de pé junto à parede em suas vestes. Tendo tirado as mãos curtas e gordas de debaixo da casula, ele as havia dobrado sobre o corpo gordo e a barriga saliente, e dedilhando as cordas de suas vestes estava dizendo algo sorridente a um militar com uniforme de general da suíte imperial, com suas insígnias e nós nos ombros que os olhos experientes do padre Sérgio reconheceram imediatamente. Este general tinha sido o comandante do regimento em que Sérgio serviu. Ele agora evidentemente ocupava uma posição importante, e o padre Sérgio notou imediatamente que o abade estava ciente disso e que seu rosto vermelho e sua cabeça calva irradiavam satisfação e prazer. Este vexado e desgostoso padre Sérgio, tanto mais quando soube que o abade só o mandara chamar para satisfazer

---

a curiosidade do general de ver um homem que outrora servira com ele, como ele o expressou.

"Muito prazer em vê-lo em seu disfarce angelical", disse o general, estendendo a mão. "Espero que você não tenha esquecido um velho camarada."

A coisa toda – o rosto vermelho e sorridente do abade em meio à franja grisalha, as palavras do general, seu rosto bem cuidado com seu sorriso de satisfação e o cheiro de vinho em seu hálito e de charuto em seus bigodes – revoltou o padre Sérgio. Ele se curvou novamente para o abade e disse:

"Vossa reverência se dignou a me chamar?" – e parou, toda a expressão de seu rosto e olhos perguntando por quê.

"Sim, para ver o general", respondeu o abade.

"Vossa reverência, deixei o mundo para me salvar da tentação", disse o padre Sérgio, ficando pálido e com os lábios trêmulos. "Por que você me expõe a isso durante as orações e na casa de Deus?"

"Vá! Vá!" disse o abade, enfurecendo-se e franzindo o cenho.

No dia seguinte, o padre Sérgio pediu perdão ao abade e aos irmãos por seu orgulho, mas ao mesmo tempo, depois de uma noite passada em oração, decidiu que deveria deixar este mosteiro, e escreveu ao ancião pedindo permissão para voltar até ele. Ele escreveu que sentiu sua fraqueza e incapacidade de lutar contra a tentação sem sua ajuda e confessou penitentemente seu pecado de orgulho. No retorno do correio, chegou uma carta do ancião, que escreveu que o orgulho de Sérgio era a causa de tudo o que havia acontecido. O ancião apontou que seus acessos de raiva se deviam ao fato de que, ao recusar todas as honras clericais, ele se humilhava não por causa de Deus, mas por causa de seu orgulho. "Pronto, não sou um homem esplêndido por não querer nada?" Por isso não podia tolerar a ação do abade. "Renunciei a tudo para a glória de Deus, e aqui sou exibido como um animal selvagem!'" "Se você tivesse renunciado à vaidade pelo amor de Deus, você a teria suportado. O orgulho mundano ainda não está morto em você. Eu pensei em você, meu filho Sérgio, e orei também, e foi isso que Deus me sugeriu. Na ermida de Tambov, morreu o anacoreta Hilarion, homem de vida santa. Ele morou lá por dezoito anos. O Abade de Tambov está perguntando se não há um irmão que tome seu lugar. E aqui vem sua carta. Vá ao Padre Paisius do Mosteiro de Tambov. Vou escrever para ele sobre você, e você deve pedir a cela de Hilarion. Não que você possa substituir Hilarion, mas você precisa de solidão para reprimir seu orgulho. Que Deus te abençoe!"

Sérgio obedeceu ao ancião, mostrou sua carta ao abade e, tendo obtido sua permissão, entregou sua cela, entregou todos os seus bens ao mosteiro e partiu para a ermida de Tambov.

Em Tambov, o abade, excelente administrador de origem mercantil, recebeu Sérgio com simplicidade e tranquilidade e o colocou na cela de Hilarion, primeiro designando-lhe um irmão de cela, mas depois o deixando sozinho, a pedido do próprio Sérgio. A cela era uma caverna dupla, escavada na montanha, e nela Hilarion fora enterrado. Na parte de trás estava o túmulo de Hilarion, enquanto na frente havia um nicho para dormir, com colchão de palha, uma mesinha e uma estante com ícones e livros. Do lado de fora da porta externa, presa com um gancho, havia outra prateleira na qual, uma vez por dia, um monge colocava comida do mosteiro.

E assim Sérgio se tornou um eremita.

IV

No carnaval do sexto ano de vida de Sérgio recluso na ermida, depois de panquecas com vinho, uma alegre companhia de gente rica, homens e mulheres, se reuniu para cavalgar em troikas. A empresa consistia em dois advogados, um rico proprietário de terras, um oficial e quatro mulheres. Uma era esposa de um oficial, a outra era esposa de um latifundiário, a terceira era uma menina, irmã do proprietário de terras, e a quarta era uma esposa divorciada, uma bela, uma mulher rica e excêntrica, que surpreendia e agitava a cidade com suas travessuras.

O tempo estava excelente e a estrada coberta de neve era lisa como o chão. Eles dirigiram cerca de dez verstas[3] para fora da cidade, e então pararam e consultaram se deveriam voltar ou ir para mais longe.

"Mas para onde esta estrada leva?" perguntou Makovkina, a bela divorciada.

"Para Tambov, a doze verstas daqui", respondeu um dos advogados, que estava flertando com ela.

"E então onde?"

"Depois para L., passando pelo Mosteiro."

"Onde mora aquele padre Sérgio?"

---

[3] *Versta:* Medida itinerária russa equivalente a 1.067 metros.

"Sim."

"Kasatsky, o belo eremita?"

"Sim."

"Senhoras, senhores, vamos ver Kasatsky! Podemos parar em Tambov e comer alguma coisa."

"Mas não podemos chegar em casa esta noite!"

"Não importa, vamos ficar com Kasatsky."

"Bem, há uma hospedaria muito boa no Mosteiro. Fiquei lá quando estava defendendo Makhin."

"Não, vou passar a noite na casa de Kasatsky!"

"Impossível! Nem mesmo sua onipotência poderia fazer isso!"

"Impossível? Você quer apostar?"

"Tudo bem! Se você passar a noite com ele, então eu faço o que você quiser."

"Um critério!"

"E você também!"

"Sim claro. Vamos seguir em frente."

A vodca foi entregue aos cocheiros, e o grupo pegou uma caixa de tortas, vinho e doces para eles. As senhoras embrulhadas em suas peles de cachorro brancas. Os cocheiros discutiam sobre qual troyka deveria ir primeiro, e o mais novo, sentando-se de lado com um ar arrojado, balançou seu longo chicote e gritou para os cavalos. Os sinos da troyka tilintaram e os trenós chiaram sobre a neve.

O trenó estremeceu e balançou um pouco. O cavalo de guia, com a cauda bem amarrada sobre o arnês, galopava suave e rapidamente; a estrada lisa parecia correr rapidamente para trás, enquanto o cocheiro sacudia as rédeas arrojadamente. Um dos advogados e o oficial sentado em frente falaram bobagem com o vizinho de Makovkina, mas a própria Makovkina ficou imóvel e pensativa, bem enrolada em sua pele. "Sempre o mesmo e sempre desagradável! Os mesmos rostos vermelhos e brilhantes cheirando a vinho e charutos! A mesma conversa, os mesmos pensamentos, e sempre sobre as mesmas coisas! E eles estão todos satisfeitos e confiantes de que deve ser assim, e continuarão vivendo assim até morrerem. Mas não posso. Isso me entedia. Quero algo que perturbe tudo isso e vire tudo de cabeça para baixo. Suponha que nos acontecesse como para aquelas pessoas – em Saratov? – que continuaram dirigindo e morreram congeladas... O que nosso povo faria? Como eles se comportariam? Basicamente, com certeza. Cada um por si. E eu também deveria agir mal. Mas eu, de qualquer forma, tenho beleza. Todos eles sabem disso. E aquele monge? É possível que ele tenha se tornado indiferente a isso? Não! Essa é a única coisa de que todos se importam – como aquele cadete no outono passado. Que tolo ele era..."

"Ivan Nikolaich!" ela disse em voz alta.

"Quais são seus comandos?"

"Quantos anos tem ele?"

"Quem?"

"Kasatsky."

"Mais de quarenta, acho."

"E ele recebe todos os visitantes?"

"Sim, todo mundo, mas nem sempre."

"Cubra meus pés. Não assim, como você é desajeitado! Não! Mais, mais, assim! Mas você não precisa apertá-los!"

Então eles chegaram à floresta onde estava a cela.

Makovkina saiu do trenó e disse para eles seguirem em frente. Eles tentaram dissuadi-la, mas ela ficou irritada e ordenou que continuassem.

Quando os trenós partiram, ela subiu o caminho com seu casaco branco de pele de cachorro. O advogado saiu e parou para observá-la.

V

Era o sexto ano do padre Sérgio como recluso, e ele estava agora com quarenta e nove anos. Sua vida na solidão era difícil – não por causa dos jejuns e orações (não eram dificuldades para ele), mas por causa de um conflito interno que ele não havia previsto. As fontes desse conflito foram duas: dúvidas e a concupiscência da carne. E esses dois inimigos sempre apareciam juntos. Parecia-lhe que eram dois inimigos, mas na realidade eram a mesma coisa. Assim que a dúvida se foi, o desejo lascivo também. Mas pensando que eles eram dois demônios diferentes, ele lutou contra eles separadamente.

"Ó meu Deus, meu Deus!" pensou ele. "Por que você não me concede fé? Há luxúria, é claro: até os santos tiveram que lutar contra isso – Santo Antônio e outros. Mas eles tiveram fé, enquanto eu tenho momentos, horas e dias, quando ela está ausente. Por que o mundo inteiro, com todas as suas delícias, existe se é pecaminoso e deve ser renunciado? Por que Tu criaste esta tentação? Tentação? Não é uma tentação querer abandonar todas as alegrias da terra e preparar algo para mim onde talvez não haja nada?" E ele ficou horrorizado e cheio de desgosto consigo mesmo. "Criatura vil! E é você que deseja se tornar um santo!" ele se censurou e começou a orar. Mas assim que começou a rezar viu-se vividamente como estivera no Mosteiro, num posto majestoso de barrete e manto, e abanou a cabeça. "Não, isso não está certo. É uma mentira. Posso enganar os outros, mas não a mim mesmo ou a Deus. Não sou um homem majestoso, mas lamentável e ridículo!" E ele jogou para trás as dobras de sua batina e sorriu enquanto olhava para suas pernas finas em suas roupas íntimas.

Depois largou novamente as dobras da batina e começou a ler as orações, fazendo o sinal da cruz e prostrando-se. "Será que esta cama vai ser meu esquife?" ele leu. E parecia que um demônio sussurrava para ele: "Uma cama solitária é em si um esquife. Mentira!" E na imaginação viu os ombros de uma viúva com quem vivera. Sacudiu-se e continuou a ler. Tendo lido os preceitos, pegou os Evangelhos, abriu o livro e deparou-se com uma passagem que muitas vezes repetia e sabia de cor: "Senhor, eu creio. Ajuda a minha incredulidade!", e ele pôs de lado todas as dúvidas que surgiram. Assim como alguém substitui um objeto de equilíbrio inseguro, ele recolocou cuidadosamente sua crença em seu pedestal instável e cuidadosamente se afastou dele para não abalá-lo ou perturbá-lo. As viseiras foram ajustadas novamente e ele se sentiu tranquilo, repetindo sua oração de infância: "Senhor, receba-me, receba-me!" sentiu-se não apenas à vontade, mas emocionado e alegre. Ele se benzeu e se deitou na cama em seu banco estreito, enfiando a batina de verão sob a cabeça. Ele adormeceu imediatamente e, em seu sono leve, parecia ouvir o tilintar dos sinos dos trenós. Ele não sabia se estava sonhando ou acordado, mas uma batida na porta o despertou. Ele se sentou , desconfiando de seus sentidos, mas a batida foi repetida. Sim, foi uma batida à mão, à sua porta, e com ela o som de uma voz de mulher.

"Meu Deus! Pode ser verdade, como li nas Vidas dos Santos, que o diabo assume a forma de uma mulher? Sim – é a voz de uma mulher. E uma voz terna, tímida e agradável. Credo!" E cuspiu para exorcizar o diabo. "Não, foi apenas minha imaginação", ele se assegurou, e foi até o canto onde ficava seu púlpito, caindo de joelhos da maneira regular e habitual que por si só lhe dava consolo e satisfação. Ele afundou, o cabelo caindo sobre o rosto, e pressionou a cabeça, já ficando careca na frente, na tira fria e úmida do tapete no chão frio. Ele leu o salmo que o velho padre Pimen lhe dissera para afastar a tentação. Ele ergueu facilmente seu corpo leve e emaciado em suas pernas fortes e musculosas e tentou continuar fazendo suas orações, mas em vez de fazê-lo, ele involuntariamente esforçou sua audição. Ele queria ouvir mais. Tudo estava quieto. Do canto do telhado, gotas regulares continuavam a cair na banheira abaixo. Lá fora havia uma névoa e neblina devorando a neve que jazia no chão. Estava quieto, muito quieto. E de repente houve um farfalhar na janela e uma voz – aquela mesma voz terna e tímida, que só poderia pertencer a uma mulher atraente – disse:

"Deixe-me entrar, pelo amor de Deus!"

Parecia que todo o seu sangue havia corrido para o coração e se acomodado ali. Ele mal conseguia respirar. "Deixe Deus se levantar e que seus inimigos sejam dispersos..."

"Mas eu não sou um demônio!" Era óbvio que os lábios que proferiram isso estavam sorrindo. "Eu não sou um demônio, mas apenas uma mulher pecadora que se perdeu, não figurativamente, mas literalmente!" Ela riu. "Estou congelando e imploro por abrigo."

Ele pressionou o rosto contra a janela, mas o pequeno ícone da lâmpada foi refletido por ela e brilhou em toda a vidraça. Ele colocou as mãos em ambos os lados do rosto e olhou entre eles. Névoa, neblina, uma árvore e – bem em frente a ele – ela mesma. Sim, ali, a poucos centímetros dele, estava o rosto doce e gentilmente assustado de uma mulher de chapéu e casaco de pele branco comprido, inclinando-se para ele. Seus olhos se encontraram com um reconhecimento instantâneo: não que eles já se conhecessem, nunca tinham se encontrado antes, mas pelo olhar que trocaram – e ele particularmente – sentiram que se conheciam e se entendiam. Depois daquele olhar, imaginá-la como um demônio e não uma mulher simples, gentil, doce, tímida, era impossível.

"Quem é você? Por que você veio?" ele perguntou.

"Por favor, abra a porta!" ela respondeu, com autoridade caprichosa. "Estou congelando. Eu lhe disse, me perdi."

"Mas eu sou um monge... um eremita."

"Ah, por favor, abra a porta... ou você quer que eu congele embaixo da sua janela enquanto você faz suas orações?"

"Mas como você..."

"Eu não vou devorar você. Pelo amor de Deus, deixe-me entrar! Estou bastante congelada."

Ela realmente sentiu medo, e disse isso com uma voz quase chorosa.

Ele se afastou da janela e olhou para um ícone do Salvador em Sua coroa de espinhos. "Senhor, me ajude! Senhor, me ajude!" ele exclamou, fazendo o sinal da cruz e se curvando. Então ele foi até a porta e, abrindo-a no pequeno alpendre, procurou o gancho que prendia a porta externa e começou a levantá-la. Ele ouviu passos do lado de fora. Ela estava vindo da janela para a porta. "Ai!" ela exclamou de repente, e ele entendeu que ela havia pisado na poça que o pingo do telhado havia formado na soleira. Suas mãos tremiam e ele não conseguia levantar o gancho da porta bem fechada.

"Oh o que você está fazendo? Deixe-me entrar! Estou toda molhada, estou congelada! Você está pensando em salvar sua alma e está me deixando congelar até a morte..."

Ele puxou a porta em sua direção, levantou o gancho e, sem pensar no que estava fazendo, empurrou-a com tanta força que a atingiu.

"Ah... Perdão!" ele exclamou de repente, voltando completamente ao seu antigo jeito com as damas.

Ela sorriu ao ouvir aquele PERDÃO. "Ele não é tão terrível, afinal", ela pensou. "Está tudo bem. É você quem deve me perdoar", disse ela, passando por ele. "Eu nunca deveria ter me aventurado, mas uma circunstância tão extraordinária..."

"Por favor!" ele pronunciou, e se afastou para deixá-la passar por ele. Um forte cheiro de perfume fino, que ele não havia sentido por muito tempo, o atingiu. Ela atravessou a pequena passagem até a cela onde ele morava. Ele fechou a porta externa sem prender o gancho e entrou atrás dela.

"Senhor Jesus Cristo, Filho de Deus, tem piedade de mim, pecador! Senhor, tem piedade de mim, pecador!" ele orava incessantemente, não apenas para si mesmo, mas involuntariamente movendo os lábios. "Por favor!" ele disse a ela novamente. Ela ficou no meio da sala, a umidade pingando dela para o chão enquanto ela olhava para ele. Seus olhos estavam rindo.

"Perdoe-me por ter perturbado sua solidão. Mas você vê em que posição estou. Tudo aconteceu quando saímos da cidade para um passeio de trenó e apostamos que voltaria sozinha de Vorobyovka até a cidade. Mas então eu me perdi, e se eu não tivesse encontrado sua cela..." Ela começou a mentir, mas o rosto dele a confundiu tanto que ela não pôde continuar, mas ficou em silêncio. Ela não esperava que ele fosse como ele era. Ele não era tão bonito quanto ela imaginara, mas mesmo assim era bonito aos olhos dela: seu cabelo e barba grisalhos, levemente encaracolados, seu nariz fino e regular e seus olhos como carvão incandescente quando ele a olhava, causavam uma forte impressão nela.

Ele viu que ela estava mentindo.

"Sim... então", disse ele, olhando para ela e novamente baixando os olhos. "Vou entrar lá, e este lugar está à sua disposição."

E abaixando a pequena lamparina, ele acendeu uma vela e, curvando-se para ela, entrou na pequena cela atrás da divisória, e ela o ouviu começar a mover algo por lá. "Provavelmente ele está se protegendo de mim!" pensou ela com um sorriso, e tirando o manto branco de pele de cachorro, tentou tirar o chapéu, que havia se enredado em seus cabelos e no lenço de tecido que ela usava por baixo. Ela não tinha se molhado quando estava debaixo da janela, e disse isso apenas como um pretexto para que ele a deixasse entrar. Mas ela realmente tinha pisado na poça na porta, e seu pé esquerdo estava molhado até o tornozelo e sua galocha cheia de água. Ela se sentou na cama dele – um banco coberto apenas por um tapete – e começou a tirar as botas. A pequena cela parecia-lhe encantadora. O quartinho estreito, com cerca de dois metros e meio, estava limpo como vidro. Não havia nada nele além do banco em que ela estava sentada, a estante de livros acima dele e um púlpito no canto. Um casaco de pele de carneiro e uma batina estavam pendurados em pregos na porta. Acima do púlpito estava a pequena lâmpada e um ícone de Cristo em Sua coroa de espinhos. O quarto cheirava estranhamente a suor e terra. Tudo a agradou, até mesmo aquele cheiro. Seus pés molhados, especialmente um deles, estavam desconfortáveis, e ela rapidamente começou a tirar as botas e as meias sem deixar de sorrir, satisfeita não tanto por ter alcançado seu objetivo, mas porque percebeu que havia envergonhado aquele encantador, estranho, homem marcante e atraente. "Ele não respondeu, mas e daí?" ela disse para si mesma.

"Padre Sérgio! Padre Sérgio! É esse o seu nome?"

"O que você precisa?" respondeu uma voz calma.

"Por favor, perdoe-me por perturbar sua solidão, mas realmente não pude evitar. Eu deveria simplesmente ter adoecido. E eu não sei se eu não vou agora. Estou toda molhada e meus pés estão como gelo."

"Perdoe-me", respondeu a voz calma. "Não posso ajudá-la em nada."

"Eu não o teria incomodado se pudesse evitar. Só ficarei aqui até o amanhecer."

Ele não respondeu e ela o ouviu murmurar algo, provavelmente suas orações.

"Você não vai vir aqui?" ela perguntou, sorrindo. "Pois preciso me despir para me secar."

Ele não respondeu, mas continuou a ler suas orações.

"Sim, isso é um homem!" pensou ela, tirando a bota pingando com dificuldade. Ela a puxou, mas não conseguiu tirá-la. O absurdo disso a atingiu e ela começou a rir quase inaudível. Mas sabendo que ele ouviria sua risada e se emocionaria com ela exatamente como ela desejava, ela riu mais alto, e sua risada – alegre, natural e gentil – realmente agiu sobre ele do jeito que ela desejava.

"Sim, eu poderia amar um homem assim... com olhos tão nobres e um rosto tão simples e nobre, e apaixonado também, apesar de todas as orações que ele murmura!" pensou ela. "Você não pode enganar uma mulher nessas coisas. Assim que ele colocou o rosto na janela e me viu, ele entendeu e soube. O brilho estava em seus olhos e permaneceu lá. Ele começou a me amar e me desejou. Sim... desejou!" disse ela, finalmente tirando a galocha e a bota e começando a tirar as meias. Para tirar aquelas meias compridas presas com elástico era preciso levantar as saias. Ela se sentiu envergonhada e disse:

"Não entre!"

Mas não houve resposta do outro lado da parede. O murmúrio constante continuou e também um som de movimento.

"Ele está se prostrando no chão, sem dúvida", pensou ela. "Mas ele não vai se curvar. Ele está pensando em mim assim como estou pensando nele. Ele está pensando nestes meus pés com a mesma sensação que eu!" E ela tirou as meias molhadas e colocou os pés no banco, pressionando-os sob ela. Ela ficou sentada um pouco assim com os braços em volta dos joelhos e olhando pensativa à sua frente. "Mas é um deserto, aqui neste silêncio. Ninguém jamais saberia..."

Ela se levantou, levou as meias até o fogão e as pendurou na ventilação. Era um tipo estranho de respiro, e ela o girou, e então, pisando levemente sobre os pés descalços, voltou ao banco e sentou-se lá novamente com os pés para cima.

Havia um silêncio completo do outro lado da divisória. Ela olhou para o pequeno relógio pendurado em seu pescoço. Eram duas horas. "Nosso grupo deve retornar por volta das três!" Ela não tinha mais de uma hora pela frente. "Bem, eu vou sentar assim sozinha? Que absurdo! Eu não quero. Vou chamar por ele imediatamente."

"Padre Sérgio, Padre Sérgio! Sergey Dmitrich! Príncipe Kasatsky!"

Além da divisória, tudo estava em silêncio.

"Ouça! Isso é cruel. Eu não chamaria por você se não fosse necessário. Estou doente. Não sei qual é o problema comigo!" ela exclamou em um tom de sofrimento. "Oh! Oh!" ela gemeu, caindo para trás no banco. E estranho dizer que ela realmente sentia que suas forças estavam falhando, que ela estava ficando fraca, que tudo dentro dela doía e que ela estava tremendo de febre.

"Ouça! Ajude-me! Eu não sei qual é o problema comigo. Oh! Oh!" Ela desabotoou o vestido, expondo o seio, e ergueu os braços, nus até o cotovelo. "Oh! Oh!"

Todo esse tempo ele ficou do outro lado da divisória e rezou. Tendo terminado todas as orações da noite, ele agora estava imóvel, com os olhos fixos na ponta do nariz, e mentalmente repetia com toda a sua alma: "Senhor Jesus Cristo, Filho de Deus, tem piedade de mim!"

Mas ele tinha ouvido tudo. Ele tinha ouvido como a seda farfalhava quando ela tirava o vestido, como ela pisava com os pés descalços no chão, e tinha ouvido como ela esfregava os pés com a mão. Ele sentiu sua própria fraqueza e que poderia se perder a qualquer momento. Foi por isso que ele orou sem cessar. Ele se sentiu mais como o herói do conto de fadas deve ter se sentido quando teve que continuar sem olhar ao redor. Então Sérgio ouviu e sentiu que o perigo e a destruição estavam lá, pairando acima e ao redor dele, e que ele só poderia se salvar não olhando naquela direção por um instante. Mas de repente o desejo de olhar tomou conta dele. No mesmo instante ela disse:

"Isso é desumano. Eu posso morrer..."

"Sim, irei até ela, mas como o Santo que pôs uma mão sobre a adúltera e enfiou a outra no braseiro. Mas não há braseiro aqui." Ele olhou em volta. A lâmpada! Ele colocou o dedo sobre a chama e franziu a testa, preparando-se para sofrer. E por um longo tempo, ao que parecia, não houve sensação, mas de repente – ele ainda não havia decidido se era doloroso o suficiente – ele se contorceu todo, puxou a mão e acenou no ar. "Não, eu não suporto isso!"

"Pelo amor de Deus, venha até mim! Eu estou morrendo! Oh!"

"Bem... devo perecer? Não, não!" pensou ele.

"Vou até você diretamente", disse ele, e, tendo aberto a porta, passou sem olhar para ela pela cela até a varanda onde costumava cortar lenha. Lá ele procurou o bloco e um machado que estava encostado na parede.

"Imediatamente!" ele disse, e pegando o machado com a mão direita ele colocou o dedo indicador da mão esquerda no bloco, balançou o machado e golpeou com ele abaixo da segunda junta. O dedo voou mais levemente do que uma vara de espessura semelhante e, saltando, virou na beirada do bloco e depois caiu no chão.

Ele a ouviu cair antes de sentir qualquer dor, mas antes que tivesse tempo de se surpreender, sentiu uma dor ardente e o calor do sangue fluindo. Apressou-se a enrolar o coto na bainha da batina, e apertando-o contra o quadril voltou para o quarto, e parando na frente da mulher, baixou os olhos e perguntou em voz baixa: "O que você quer?"

Ela olhou para seu rosto pálido e sua bochecha esquerda trêmula, e de repente sentiu vergonha. Ela pulou, pegou seu casaco de pele e, jogando-o sobre si mesma, se envolveu nele.

"Eu estava com dor... eu peguei um resfriado... eu... padre Sérgio... eu..."

Ele deixou seus olhos, brilhando com uma luz tranquila de alegria, repousarem sobre ela, e disse:

"Querida irmã, por que você deseja arruinar sua alma imortal? As tentações devem vir ao mundo, mas ai daquele por quem a tentação vier. Ore para que Deus nos perdoe!"

Ela ouviu e olhou para ele. De repente, ela ouviu o som de algo pingando. Ela olhou para baixo e viu que o sangue escorria de sua mão e para baixo em sua batina.

"O que você fez com sua mão?" Lembrou-se do som que ouvira e, agarrando a lamparina, correu para a varanda. Lá no chão ela viu o dedo ensanguentado. Ela voltou com o rosto mais pálido do que o dele e estava prestes a falar com ele, mas ele silenciosamente passou para a cela dos fundos e trancou a porta.

"Perdoe-me!" ela disse. "Como posso expiar meu pecado?"

"Vá embora."

"Deixe-me enfaixar sua mão."

"Vá para longe daqui."

Ela se vestiu apressada e silenciosamente e, quando pronta, sentou-se esperando em suas peles. Os sinos dos trenós foram ouvidos do lado de fora.

"Padre Sérgio, me perdoe!"

"Vá embora. Deus perdoará."

"Padre Sérgio! Eu vou mudar minha vida. Não me abandone!"

"Vá embora."

"Perdoe-me... e dê-me sua bênção!"

"Em nome do Pai e do Filho e do Espírito Santo!", ela ouviu a voz dele atrás da divisória. "Vá!"

Ela começou a soluçar e saiu da cela. O advogado veio ao seu encontro.

"Bem, vejo que perdi a aposta. Não há nada a fazer. Onde você vai se sentar?"

"Não importa."

Ela se sentou no trenó e não disse uma palavra durante todo o caminho para casa.

Um ano depois, ela entrou para um convento como noviça e viveu uma vida rigorosa sob a direção do eremita Arseny, que escrevia cartas para ela em longos intervalos.

VI

Padre Sérgio viveu recluso por mais sete anos. A princípio, ele aceitou muito do que as pessoas lhe traziam – chá, açúcar, pão branco, leite, roupas e lenha. Mas, com o passar do tempo, ele levou uma vida cada vez mais austera, recusando tudo o que era supérfluo e, finalmente, não aceitava nada além de pão de centeio uma vez por semana. Tudo o mais que lhe era trazido, ele dava aos pobres que vinham a ele. Ele passava todo o tempo em sua cela, orando ou conversando com os visitantes, que se tornavam cada vez mais numerosos com o passar do tempo. Apenas três vezes por ano ia à igreja e, quando necessário, saía para buscar água e lenha.

O episódio com Makovkina ocorreu depois de cinco anos de sua vida de eremita. Essa ocorrência logo se tornou conhecida – sua visita noturna, a mudança pela qual passou e sua entrada em um convento. A partir desse momento a fama do padre Sérgio aumentou. Mais e mais visitantes vieram vê-lo, outros monges se estabeleceram perto de sua cela, e uma igreja foi erguida lá e também uma hospedaria. Sua fama, como sempre exagerando seus feitos, se espalhou cada vez mais amplamente. As pessoas começaram a procurá-lo de longe, e começaram a trazer-lhe inválidos que declaravam que ele os curava.

Sua primeira cura ocorreu no oitavo ano de sua vida como eremita. Foi a cura de um menino de quatorze anos, cuja mãe o levou ao padre Sérgio insistindo que ele colocasse a mão na cabeça da criança. Nunca ocorrera ao padre Sérgio que ele pudesse curar os doentes. Ele teria considerado tal pensamento como um grande pecado de orgulho; mas a mãe que trouxe o menino implorou-lhe com insistência, caindo aos seus pés e dizendo: "Por que você, que cura os outros, se recusa a ajudar meu filho?" Ela implorou a ele em nome de Cristo. Quando o padre Sérgio assegurou-lhe que só Deus poderia curar os doentes, ela respondeu que só queria que ele impusesse as mãos sobre o menino e orasse por ele. Padre Sérgio recusou e voltou para sua cela. Mas no dia seguinte (foi no outono e as noites já estavam frias) ao sair para beber água ele viu a mesma mãe com seu filho, um menino pálido de quatorze anos, e foi atendido pelo mesmo pedido.

Lembrou-se da parábola do juiz injusto e, embora antes tivesse certeza de que deveria recusar, agora começou a hesitar e, tendo hesitado, começou a orar e orar até que uma decisão se formasse em sua alma. Esta decisão era que ele deveria atender ao pedido da mulher e que sua fé poderia salvar seu filho. Quanto a si mesmo, neste caso seria apenas um instrumento insignificante escolhido por Deus.

E indo até a mãe ele fez o que ela pediu – colocou a mão na cabeça do menino e orou.

A mãe partiu com o filho, e um mês depois o menino se recuperou, e a fama do poder sagrado de cura do Ancião Sérgio (como agora o chamavam) se espalhou por todo o distrito. Depois disso, não passou uma semana sem que os doentes viessem, a cavalo ou a pé, ao padre Sérgio; e, tendo atendido a uma petição, não podia recusar outras, e impôs as mãos sobre muitos e orou. Muitos se recuperaram e sua fama se espalhou cada vez mais.

Assim, sete anos se passaram no Mosteiro e treze na cela em reclusão. Ele agora tinha a aparência de um homem velho: sua barba era longa e grisalha, mas seu cabelo, embora fino, ainda era preto e encaracolado.

VII

Por várias semanas o padre Sérgio vivia com um pensamento persistente: se ele estava certo em aceitar a posição em que não se colocara tanto quanto o arquimandrita e o abade. Essa posição havia começado após a recuperação do menino de quatorze anos. A partir daquele momento, a cada mês, semana e dia que passava, Sérgio sentia sua própria vida interior se esvaindo e sendo substituída pela vida exterior. Era como se ele tivesse sido virado do avesso.

Sérgio viu que ele era um meio de atrair visitantes e contribuições para o mosteiro e que, portanto, as autoridades organizaram as coisas de maneira a fazer o máximo uso possível dele. Por exemplo, eles tornaram impossível para ele fazer qualquer trabalho manual. Ele foi suprido com tudo o que ele poderia querer, e eles apenas exigiam dele que ele não recusasse sua bênção àqueles que viessem buscá-la. Para sua conveniência, eles marcaram dias em que ele receberia. Arranjaram uma sala de recepção para homens, e um lugar foi cercado para que ele não fosse empurrado pela multidão de visitantes mulheres, e para que ele pudesse abençoar convenientemente aqueles que vinham.

Disseram-lhe que as pessoas precisavam dele e que, cumprindo a lei de amor de Cristo, ele não podia recusar às pessoas a exigência de vê-lo, e que evitá-las seria cruel. Ele não podia deixar de concordar com isso, mas quanto mais ele se entregava a tal vida, mais ele sentia que o que era interno se tornava externo, e que a fonte de água viva dentro dele secava, e que o que ele fazia agora estava feito cada vez mais para os homens e cada vez menos para Deus.

Se ele admoestou as pessoas, ou simplesmente as abençoou, ou orou pelos enfermos, ou aconselhou as pessoas sobre suas vidas, ou ouviu as expressões de gratidão daqueles que ele ajudou com preceitos, esmolas ou curas (como eles lhe garantiram) – ele não podia deixar de ficar satisfeito com isso, e não podia ficar indiferente aos resultados de sua atividade e à influência que exerceu. Ele se considerava uma luz brilhante, e quanto mais ele sentia isso, mais ele estava consciente de um enfraquecimento, um apagamento da luz divina da verdade que brilhava dentro dele.

"Até que ponto o que eu faço é para Deus e até que ponto é para os homens?" Essa era a pergunta que o atormentava insistentemente e para a qual ele não era tanto incapaz de dar uma resposta quanto incapaz de enfrentar a resposta.

No fundo de sua alma, ele sentiu que o diabo havia substituído uma atividade para os homens em lugar de sua atividade anterior por Deus. Ele sentia isso porque, assim como antes fora difícil para ele ser arrancado de sua solidão, agora a própria solidão era difícil para ele. Ele estava oprimido e cansado pelos visitantes, mas no fundo de seu coração ele estava feliz com a presença deles e feliz com os elogios que o cercavam.

Houve um tempo em que ele decidiu ir embora e se esconder. Ele até planejou tudo o que era necessário para esse propósito. Ele preparou para si uma camisa de camponês, calças, casaco e chapéu. E ele explicou que precisava para dar a quem pede. E ele guardava essas roupas em sua cela, planejando como as vestiria, cortaria o cabelo e sairia. Primeiro ele percorreria cerca de trezentas verstas de trem, depois sairia do trem e caminharia de aldeia em aldeia. Ele perguntou a um velho que havia sido soldado como ele vagava: o que as pessoas lhe davam e que abrigo lhe forneciam. O soldado disse-lhe onde as pessoas eram mais caridosas e onde receberiam um andarilho durante a noite, e o padre Sérgio pretendia aproveitar-se dessa informação. Ele até colocou essas roupas uma noite em seu desejo de ir, mas não conseguia decidir o que era melhor – ficar ou fugir. No começo ele estava em dúvida, mas depois essa indecisão passou. Submeteu-se ao costume e cedeu ao diabo, e só a roupagem do camponês lhe recordou o pensamento e o sentimento que tivera.

A cada dia, mais e mais pessoas afluíam a ele e cada vez menos tempo lhe restava para a oração e para renovar sua força espiritual. Às vezes, em momentos de lucidez, pensava que era como um lugar onde antes havia uma fonte. "Havia uma fonte débil de água viva que fluía silenciosamente de mim e através de mim. Essa era a vida real, a época em que ela me tentou! (Ele sempre pensava com êxtase naquela noite e naquela que agora era Madre Agnia.) Ela havia provado daquela água pura, mas desde então não havia tempo para ela se recolher antes que pessoas sedentas chegassem e se empurrassem para o lado. E eles tinham pisoteado tudo e nada restou além de lama."

Assim ele pensava em raros momentos de lucidez, mas seu estado de espírito habitual era de cansaço e uma terna pena de si mesmo por causa desse cansaço.

Foi na primavera, na véspera da festa do meio pentecostal. Padre Sérgio estava oficiando o serviço de vigília em sua igreja eremita, onde a congregação era tão grande quanto a pequena igreja podia conter – cerca de vinte pessoas. Eram todos proprietários ou comerciantes abastados. O padre Sérgio admitia qualquer um, mas a seleção era feita pelo monge presente e por um assistente que era enviado para a ermida todos os dias do mosteiro. Uma multidão de cerca de oitenta pessoas – peregrinos e camponeses, e especialmente mulheres camponesas – esperava do lado de fora que o padre Sérgio saísse e os abençoasse. Enquanto isso ele conduzia o serviço, mas no momento em que ele saiu para o túmulo de seu predecessor, ele cambaleou e teria caído se não tivesse sido pego por um mercador que estava atrás dele e pelo monge que atuava como diácono.

"Qual é o problema, padre Sérgio? Caro homem! Ó Senhor!" exclamaram as mulheres. "Ele está branco como um lençol!"

Mas o padre Sérgio se recuperou imediatamente e, embora muito pálido, acenou para o mercador e o diácono e continuou a entoar o serviço.

O padre Serafim, o diácono, os acólitos, e Sofia Ivanovna, uma senhora que sempre viveu perto da ermida e cuidava do padre Sérgio, imploraram-lhe que terminasse o serviço.

"Não, não há nada de errado", disse o padre Sérgio, sorrindo levemente por baixo do bigode e continuando o serviço. "Sim, é assim que os santos se comportam!" pensou ele.

"Um homem santo... um anjo de Deus!" ele ouviu então a voz de Sofia Ivanovna atrás dele, e também do mercador que o havia apoiado. Ele não atendeu às suas súplicas, mas continuou com o serviço. Novamente aglomerando-se todos eles fizeram o seu caminho pelas passagens estreitas de volta para a pequena igreja, e lá, embora abreviando um pouco, o padre Sérgio completou a vigília.

Imediatamente após o serviço, o padre Sérgio, tendo pronunciado a bênção sobre os presentes, foi até o banco sob o olmo na entrada da caverna. Ele queria descansar e respirar o ar fresco – ele sentia necessidade disso. Mas assim que ele saiu da igreja, a multidão de pessoas correu para ele pedindo sua bênção, seu conselho e sua ajuda. Havia peregrinos que perambulavam constantemente de um lugar sagrado para outro e de um ancião para outro, e sempre ficavam extasiados por todos os santuários e todos os anciãos. O padre Sérgio conhecia esse tipo comum, frio, convencional e irreligioso. Havia peregrinos, em sua maioria soldados dispensados, desacostumados a uma vida sedentária, pobres, e muitos deles velhos bêbados, que vagavam de mosteiro em mosteiro apenas para se alimentar. E havia camponeses rudes e camponesas que tinham vindo com suas necessidades egoístas, em busca de curas ou com dúvidas sobre assuntos bastante práticos resolvidos para eles: sobre casar uma filha, ou alugar uma loja, ou comprar um pedaço de terra, ou como expiar por ter sobreposto um filho ou ter um filho ilegítimo.

Tudo isso era uma história antiga e nada interessante para ele. Ele sabia que não ouviria nada de novo daquela gente, que eles não despertariam nele nenhuma emoção religiosa; mas ele gostava de ver a multidão para a qual sua bênção e conselho eram necessários e preciosos, então enquanto aquela multidão o oprimia também o agradava. O padre Serafim começou a afastá-los, dizendo que o padre Sérgio estava cansado.

Mas o padre Sérgio, lembrando-se das palavras do Evangelho: "Não os impeça (crianças) de virem a mim", e sentindo ternura para consigo mesmo nesta lembrança, disse que deveriam ser autorizados a se aproximar.

Levantou-se, foi até a grade atrás da qual a multidão se reunira e começou a abençoá-los e a responder às suas perguntas, mas com uma voz tão fraca que sentiu pena de si mesmo. No entanto, apesar de seu desejo de recebê-los todos, ele não pôde fazê-lo. As coisas novamente escureceram diante de seus olhos, e ele cambaleou e agarrou as grades. Ele sentiu uma onda de sangue na cabeça e primeiro ficou pálido e depois corou de repente.

"Devo deixar o resto para amanhã. Hoje não posso mais", e, pronunciando uma bênção geral, voltou ao banco. O mercador o apoiou novamente e, puxando-o pelo braço, ajudou-o a sentar-se.

"Padre!" vinham vozes da multidão. "Querido padre! Não nos abandone. Sem você estamos perdidos!"

O comerciante, tendo sentado o padre Sérgio no banco sob o olmo, assumiu as funções de polícia e expulsou o povo com muita determinação. É verdade que falou em voz baixa para que o padre Sérgio não o ouvisse, mas suas palavras foram incisivas e iradas.

"Saiam, saiam! Ele vos abençoou, e o que mais vocês querem? Andem, ou eu torço seus pescoços! Saiam para lá! Saia, sua velha com suas faixas sujas nas pernas! Vá, vá! Onde você está indo? Vocês foram informados de que está terminado. Amanhã será como Deus quer, mas por hoje ele terminou!"

"Padre! Apenas deixe meus olhos vislumbrarem seu querido rosto!" disse uma velha.

"Vou vislumbrar você! Onde você está indo?"

O padre Sérgio notou que o mercador parecia estar agindo com grosseria e, em voz fraca, disse ao atendente que as pessoas não deveriam ser expulsas. Ele sabia que eles seriam expulsos do mesmo jeito, e ele desejava muito ser deixado sozinho e descansar, mas ele enviou o atendente com essa mensagem para causar uma impressão.

"Tudo bem, tudo bem! Eu não estou expulsando-os. Estou apenas argumento com eles," respondeu o mercador. "Você sabe que eles não hesitariam em levar um homem à morte. Eles não têm pena, só consideram a si mesmos... Disseram-lhes que não pode vê-los. Vão embora! Amanhã!" E ele se livrou de todos eles.

Fazia tudo isso porque gostava de ordem e gostava de dominar e expulsar as pessoas, mas principalmente porque queria ter o padre Sérgio só para si. Ele era viúvo com uma filha única, inválida e solteira, e a quem havia trazido mil e quatrocentas verstas ao padre Sérgio para ser curada. Há dois anos ele a levava para diferentes lugares para ser curada: primeiro para a clínica da universidade na principal cidade da província, mas isso não adiantou; depois para uma camponesa da província de Samara, onde melhorou um pouco; depois a um médico em Moscou a quem pagou muito dinheiro, mas isso não adiantou nada. Agora lhe disseram que o padre Sérgio fazia curas e a trouxera até ele. Assim, quando todas as pessoas foram expulsas, ele se aproximou do padre Sérgio e, de repente, caindo de joelhos, exclamou em voz alta:

"Santo Padre! Abençoe minha filha aflita para que ela seja curada de sua doença. Atrevo-me a prostrar-me a seus pés sagrados."

E ele colocou uma mão na outra, em forma de xícara. Ele disse e fez tudo isso como se estivesse fazendo algo claro e firmemente estabelecido pela lei e pelos costumes – como se alguém precisasse e devesse pedir que uma filha fosse curada exatamente dessa maneira e não de outra. Ele o fez com tanta convicção que pareceu até mesmo ao padre Sérgio que deveria ser dito e feito exatamente dessa maneira, mas mesmo assim ele pediu que ele se levantasse e lhe dissesse qual era o problema. O comerciante disse que sua filha, uma menina de vinte e dois anos, adoeceu há dois anos, após a morte súbita de sua mãe. Ela tinha engasgado (como ele expressou) e desde então não tinha sido ela mesma. E assim ele a trouxe a mil e quatrocentos verstas de distância, e ela estava esperando na hospedaria até que o padre Sérgio desse ordens para trazê-la. Ela não saía durante o dia, com medo da luz, e só podia sair depois do pôr do sol.

"Ela está muito fraca?" perguntou o padre Sérgio.

"Não, ela não tem nenhuma fraqueza em particular. Ela é bastante gordinha e é apenas 'neurastênica', dizem os médicos. Se você me deixar trazê-la esta noite, padre Sérgio, voarei como um espírito para buscá-la. Padre abençoado! Reviva o coração de um pai , restaure sua linhagem, salve sua filha aflita por suas orações!" E o mercador novamente se ajoelhou e, inclinando-se para o lado, com a cabeça apoiada nos punhos cerrados, permaneceu imóvel. Padre Sérgio novamente lhe disse para se levantar, e pensando em como suas atividades eram pesadas e como ele as suportava com paciência, ele suspirou pesadamente e depois de alguns segundos de silêncio, disse:

"Bem, traga-a esta noite. Vou rezar por ela, mas agora estou cansado..." e fechou os olhos. "Vou mandar chamá-lo."

O mercador saiu, pisando na ponta dos pés, o que só fez suas botas rangerem mais alto, e o padre Sérgio ficou sozinho.

Toda a sua vida foi preenchida pelos serviços da Igreja e pelas pessoas que vinham vê-lo, mas hoje foi particularmente difícil. De manhã chegou um oficial importante e teve uma longa conversa com ele; depois disso uma senhora veio com seu filho. Esse filho era um jovem professor cético que a mãe, uma crente fervorosa e devota do padre Sérgio, trouxera para que ele pudesse falar com ele. A conversa tinha sido muito difícil. O jovem, evidentemente não querendo discutir com um monge, concordara com ele em tudo como com alguém mentalmente inferior. O padre Sérgio viu que o jovem não acreditava, mas ainda assim estava satisfeito, tranquilo e à vontade, e a lembrança daquela conversa agora o inquietava.

"Coma alguma coisa, padre", disse o atendente da cela.

"Sim, traga-me algo."

O atendente dirigiu-se a uma choça que tinha sido arrumada a uns dez passos da gruta, e o padre Sérgio ficou sozinho.

Já se foi o tempo em que vivia sozinho, fazendo tudo para si e comendo apenas pão de centeio, ou pãezinhos preparados para a Igreja. Ele havia sido avisado há muito tempo que não tinha o direito de negligenciar sua saúde, e recebeu comida saudável, embora quaresmal. Ele comia com moderação, embora muito mais do que antes, e muitas vezes comia com muito prazer, e não como antes com aversão e sentimento de culpa. Assim se dera agora. Ele comeu um mingau, bebeu uma xícara de chá e comeu metade de um pãozinho branco.

O atendente foi embora e o padre Sérgio ficou sozinho sob o olmo.

Era uma noite maravilhosa de maio, quando as bétulas, álamos, olmos, cerejas selvagens e carvalhos tinham acabado de explodir em folhagem.

O arbusto de cerejeiras silvestres atrás do olmo estava em plena floração e ainda não tinha começado a soltar suas flores, e os rouxinóis – um bem próximo e dois ou três outros nos arbustos à beira do rio – explodiram em plena canção após alguns chilreios preliminares. Do rio vinham os cantos longínquos dos camponeses que voltavam, sem dúvida, do trabalho. O sol estava se pondo atrás da floresta, seus últimos raios brilhando através das folhas. Todo aquele lado era verde brilhante, o outro lado com o olmo era escuro.

Os besouros voaram desajeitadamente, caindo no chão quando colidiram com qualquer coisa.

Após o jantar, o padre Sérgio começou a repetir uma oração silenciosa: "Ó Senhor Jesus Cristo, Filho de Deus, tem piedade de nós!" e então ele leu um salmo, e de repente no meio do salmo um pardal voou do mato, pousou no chão e pulou em direção a ele cantando enquanto vinha, mas então se assustou com alguma coisa e voou para longe. Leu uma oração que se referia ao seu abandono do mundo, e apressou-se a terminá-la para mandar chamar o mercador com a filha doente. Ela o interessou por apresentar uma distração, e porque tanto ela quanto seu pai o consideravam um santo cujas orações eram eficazes. Exteriormente ele repudiava essa ideia, mas no fundo de sua alma ele a considerava verdadeira.

Muitas vezes ele ficava surpreso que isso tivesse acontecido, que ele, Stepan Kasatsky, tivesse se tornado um santo tão extraordinário e até mesmo um operador de milagres, mas do fato de que ele era tal não podia haver a menor dúvida. Ele não podia deixar de acreditar nos milagres que ele mesmo testemunhou, começando com o menino doente e terminando com a velha que havia recuperado a visão quando ele orou por ela.

Por mais estranho que fosse, era assim. Assim, a filha do comerciante o interessou como um novo indivíduo que tinha fé nele, e também como uma nova oportunidade para confirmar seus poderes de cura e aumentar sua fama. "Eles percorrem mil verstas de distância e escrevem sobre isso nos jornais. O Imperador sabe disso, e eles sabem disso na Europa, na Europa incrédula", pensou ele. E de repente ele se envergonhou de sua vaidade e novamente começou a orar. "Senhor, Rei do Céu, Consolador, Alma da Verdade! Venha e entre em mim e me limpe de todo pecado e salve e abençoe minha alma. Purifique-me do pecado da vaidade mundana que me perturba!" ele repetiu, e lembrou-se de quantas vezes havia orado sobre isso e quão vãs até agora suas orações haviam sido a esse respeito. Suas orações fizeram milagres para os outros, mas em seu próprio caso Deus não lhe concedeu a libertação dessa paixão mesquinha.

Ele se lembrou de suas orações no início de sua vida no eremitério, quando rezou por pureza, humildade e amor, e como lhe pareceu então que Deus ouviu suas orações. Ele manteve sua pureza e cortou seu dedo. E ele levou o toco enrugado daquele dedo aos lábios e o beijou. Parecia-lhe agora que ele havia sido humilde quando sempre parecera repugnante a si mesmo por causa de sua pecaminosidade; e quando se lembrou da ternura com que então conhecera um velho que lhe trazia um soldado bêbado para pedir esmola; e como ele a recebeu, parecia-lhe que ele também possuía amor. Mas agora? E perguntou-se se amava alguém, se amava Sofia Ivanovna ou o padre Serafim, se tinha algum sentimento de amor por todos os que o procuraram naquele dia – por aquele jovem sábio com quem tivera aquela instrutiva discussão em que ele estava preocupado apenas em mostrar sua própria inteligência e que ele não estava atrasado no conhecimento. Ele queria e precisava do amor deles, mas não sentia nada por eles. Ele agora não tinha amor nem humildade nem pureza.

Ficou satisfeito ao saber que a filha do mercador tinha vinte e dois anos e queria saber se ela era bonita. E, perguntando sobre sua fraqueza, ele só queria saber se ela tinha um charme feminino ou não.

"Posso ter caído tão baixo?" ele pensou. "Senhor, me ajude! Restaura-me, Senhor e meu Deus!" E ele juntou as mãos e começou a orar.

Os rouxinóis começaram a cantar, um besouro desceu sobre ele e rastejou pela parte de trás de sua cabeça. Ele deixou o besouro cair. "Mas Ele existe? E se eu estiver batendo em uma porta fechada do lado de fora? A fechadura está na porta para todos verem. A natureza – os rouxinóis e os besouros – é essa fechadura. Talvez o jovem estivesse certo." E começou a orar em voz alta. Ele orou por um longo tempo até que esses pensamentos desapareceram e ele novamente se sentiu calmo e confiante. Ele tocou a campainha e disse ao atendente para dizer que o mercador poderia trazer sua filha até ele agora.

O mercador veio, levando sua filha pelo braço. Ele a levou para a cela e imediatamente a deixou.

Era uma menina muito loura, roliça e muito baixa, com um rosto pálido, assustado, infantil e uma forma feminina muito desenvolvida. Padre Sérgio permaneceu sentado no banco da entrada e quando ela estava passando e parou ao lado dele para sua bênção, ele ficou horrorizado consigo mesmo pela forma como olhou para sua figura. Quando ela passou por ele, ele teve plena consciência de sua feminilidade, embora visse por seu rosto que ela era sensual e imbecil. Ele se levantou e entrou na cela. Ela estava sentada em um banquinho esperando por ele, e quando ele entrou, ela se levantou.

"Quero voltar para o papai", disse ela.

"Não tenha medo", ele respondeu. "Do que você está sofrendo?"

"Estou com dores por toda parte", disse ela, e de repente seu rosto se iluminou com um sorriso.

"Você vai ficar bem", disse ele. "Rezemos!"

"Para que serve rezar? Eu rezei e não adianta", e ela continuou a sorrir. "Quero que ore por mim e coloque as mãos sobre mim. Eu vi você em um sonho."

"Como você me viu?"

"Eu vi você colocar as mãos no meu peito assim." Ela pegou a mão dele e apertou-a contra o peito. "Bem aqui."

Ele entregou sua mão direita para ela.

"Qual é o seu nome?" ele perguntou, tremendo todo e sentindo que estava derrotado e que seu desejo já havia ultrapassado o controle.

"Maria. Por quê?"

Ela pegou a mão dele e a beijou, e então colocou o braço em volta da cintura dele e o apertou contra si mesma.

"O que você está fazendo?" ele disse. "Maria, você é um demônio!"

"Ah, talvez. O que isso importa?"

E abraçando-o, ela se sentou com ele na cama.

Ao amanhecer, ele saiu para a varanda.

"Isso tudo pode ter acontecido? Seu pai virá e ela lhe contará tudo. Ela é um demônio! O que eu devo fazer? Aqui está o machado com o qual eu cortei meu dedo." Ele pegou o machado e voltou para a cela.

O atendente veio.

"Você quer um pouco de lenha cortada? Deixe-me pegar o machado."

Sérgio entregou o machado e entrou na cela. Ela estava deitada lá dormindo. Ele olhou para ela com horror e passou para além da divisória, onde tirou as roupas de camponês e as vestiu. Então pegou uma tesoura, cortou os cabelos compridos e saiu pela trilha que descia a colina até o rio, que não via há mais de quatro anos.

Uma estrada corria ao lado do rio e ele foi por ela e caminhou até o meio-dia. Em seguida ele foi para um campo de centeio e deitou-se ali. Ao entardecer aproximou-se de uma aldeia, mas sem entrar nela dirigiu-se à falésia que pendia sobre o rio. Lá ele novamente se deitou para descansar.

Era de manhã cedo, meia hora antes do nascer do sol. Tudo estava úmido e sombrio e um vento frio da madrugada soprava do oeste. "Sim, devo acabar com tudo. Deus não existe. Mas como vou acabar com isso? jogar-me no rio? Eu posso nadar e não irei me afogar. Enforcar-me? Sim, apenas jogue esta faixa sobre um galho." Isso parecia tão viável e tão fácil que ele se sentiu horrorizado. Como sempre, em momentos de desespero, ele sentiu necessidade de oração. Mas não havia ninguém para quem orar. Não havia Deus. Deitou-se apoiado sobre o braço e, de repente, uma ânsia de sono tomou conta dele, que não conseguia mais apoiar a cabeça na mão, mas estendeu o braço, deitou a cabeça sobre ele e adormeceu. Mas aquele sono durou apenas um momento. Ele acordou imediatamente e começou não a sonhar, mas a lembrar.

Ele se via como uma criança na casa de sua mãe no campo. Uma carruagem se aproxima, e dela sai o tio Nikolai Sergeevich, com sua longa barba preta em forma de pá, e com ele Pashenka, uma menina magra com grandes olhos meigos e um rosto tímido e patético. E em sua companhia de meninos, Pashenka é trazida e eles têm que brincar com ela, mas é chato. Ela é boba, e acaba zombando dela e forçando-a a mostrar como sabe nadar. Ela se deita no chão e mostra a eles, e todos eles riem e a fazem de boba. Ela vê isso e fica vermelha em manchas e fica mais lamentável do que antes, tão lamentável que ele se sente envergonhado e nunca consegue esquecer aquele sorriso torto, gentil e submisso. E Sérgio se lembrou de quando a viu depois disso. Muito tempo depois, pouco antes de ele se tornar monge, ela se casou com um latifundiário que esbanjou toda a sua fortuna e tinha o hábito de espancá-la. Ela teve dois filhos, um filho e uma filha, mas o filho morreu ainda jovem. E Sérgio lembrou-se de tê-la visto muito infeliz. Por outro lado, ele a vira no mosteiro quando ela era viúva. Ela ainda era a mesma, não exatamente estúpida, mas insípida, insignificante e lamentável. Ela tinha vindo com a filha e o noivo da filha. Eles já eram pobres naquela época e mais tarde ele soube que ela morava em uma pequena cidade provinciana e era muito pobre.

"Por que estou pensando nela?" perguntou a si mesmo, mas não podia deixar de fazê-lo. "Onde ela está? Como ela está indo? Ela ainda está tão infeliz quanto quando teve que nos mostrar como nadar no chão? Mas por que eu deveria pensar nela? O que eu estou fazendo? Devo acabar comigo mesmo."

E novamente sentiu medo, e novamente, para fugir desse pensamento, continuou pensando em Pashenka.

Assim ele ficou deitado por um longo tempo, pensando agora em seu fim inevitável e agora em Pashenka. Ela se apresentou a ele como um meio de salvação. Por fim, ele adormeceu e, em seu sono, viu um anjo que veio até ele e disse: "Vá até Pashenka e aprenda com ela o que você deve fazer, qual é o seu pecado e onde está sua salvação."

Ele acordou e, tendo decidido que esta era uma visão enviada por Deus, sentiu-se feliz e resolveu fazer o que lhe havia sido dito na visão. Ele conhecia a cidade onde ela morava. Ficava a cerca de trezentas verstas de distância, e ele começou a caminhar até lá.

VIII

Pashenka já há muito deixara de ser Pashenka e se tornara a velha, murcha e enrugada Praskovia Mikhailovna, a sogra do infeliz e alcoólatra Mavrikiev. Ela estava morando na cidade do interior onde ele teve seu último compromisso, e lá estava ela sustentando a família: sua filha, seu genro neurastênico doente e seus cinco netos. Ela fez isso dando aulas de música para as filhas dos comerciantes, dando quatro e às vezes cinco aulas por dia de uma hora cada, e ganhando assim cerca de sessenta rublos por mês. Assim eles viveram por enquanto, na expectativa de outro emprego. Ela havia enviado cartas a todos os seus parentes e conhecidos pedindo-lhes que conseguissem um cargo para seu genro, e entre os demais ela havia escrito para Sérgio, mas essa carta não chegou a ele.

Era um sábado, e Praskovia Mikhailovna estava ela mesma misturando massa para pão com passas, como o servo-cozinheiro da propriedade de seu pai costumava fazer tão bem. Ela queria presentear seus netos no domingo.

Masha, sua filha, estava amamentando seu filho mais novo, o menino e a menina mais velhos estavam na escola, e seu genro estava dormindo, não tendo dormido durante a noite. Praskovia Mikhailovna também ficara acordada grande parte da noite, tentando amenizar a raiva da filha contra o marido.

Ela viu que era impossível para seu genro, uma criatura fraca, viver de outra forma, e percebeu que as reprimendas de sua esposa não adiantavam – então ela usou todos os seus esforços para suavizar essas recriminações e evitar censuras e raiva. As relações indelicadas entre as pessoas causaram-lhe sofrimento físico real. Ficou tão claro para ela que sentimentos amargos não melhoram nada, mas apenas pioram tudo. De fato, ela não pensou nisso: simplesmente sofria ao ver a raiva como sofreria com um cheiro ruim, um barulho forte ou com pancadas no corpo.

Ela tinha – com um sentimento de autossatisfação – ensinado Lukeria como misturar a massa, quando seu neto de seis anos, Misha, vestindo um avental e com meias cerradas em suas perninhas tortas, correu para a cozinha com um olhar assustado.

"Vovó, um velho assustador quer vê-la."

Lukeria olhou para a porta.

"Há algum tipo de andarilho, um homem..."

Praskovia Mikhailovna esfregou os cotovelos finos um contra o outro, enxugou as mãos no avental e subiu para pegar uma moeda de cinco copeques da bolsa para ele, mas lembrando que ela não tinha nada menos que dez copeques, ela decidiu dar-lhe um pouco de pão em seu lugar. Ela voltou para o armário, mas de repente corou com o pensamento de ter relutado a moeda de dez copeques, e dizendo a Lukeria para cortar uma fatia de pão, subiu novamente para buscá-la. "É bom para você", ela disse para si mesma. "Agora você deve ceder duas vezes."

Ela deu o pão e o dinheiro ao andarilho e, ao fazê-lo, longe de se orgulhar de sua generosidade, desculpou-se por dar tão pouco. O homem tinha uma aparência tão imponente.

Embora tivesse percorrido duzentas verstas em nome de Cristo, embora estivesse esfarrapado, emagrecido e castigado pelo tempo, embora tivesse cortado o cabelo comprido e estivesse usando um gorro e botas de camponês, e embora se curvasse com muita humildade, Sérgio ainda tinha a impressionante aparência que o tornava tão atraente. Mas Praskovia Mikhailovna não o reconheceu. Ela dificilmente poderia fazê-lo, não o via há quase vinte anos.

"Não pense mal de mim, padre. Talvez você queira algo para comer?"

Ele pegou o pão e o dinheiro, e Praskovia Mikhailovna ficou surpresa por ele não ter ido embora, mas ficou olhando para ela.

"Pashenka, eu vim até você! Me aceite..."

E os lindos olhos negros olharam fixamente e suplicantes para ela e brilharam com lágrimas. E sob o bigode grisalho seus lábios tremeram lamentavelmente.

Praskovia Mikhailovna pressionou as mãos no peito murcho, abriu a boca e ficou petrificada, olhando para o peregrino com os olhos dilatados.

"Não pode ser! Stepan! Sérgio! Padre Sérgio!"

"Sim, sou eu", disse Sérgio em voz baixa. "Só não Sérgio, não o padre Sérgio, mas um grande pecador, Stepan Kasatsky – um grande e perdido pecador. Me aceite e me ajude!"

"É impossível! Como você se humilhou assim? Mas entre."

Ela estendeu a mão, mas ele não a pegou e apenas a seguiu.

Mas para onde ela o levaria? A hospedagem era pequena. Antigamente ela tinha um quartinho, quase um armário, para ela, mas depois o entregou para a filha, e Masha agora estava sentada lá embalando o bebê.

"Sente-se aqui por enquanto", disse ela a Sérgio, apontando para um banco na cozinha.

Sentou-se imediatamente e, com um movimento evidentemente acostumado, tirou as alças da bolsa primeiro de um ombro e depois do outro.

"Meu Deus, meu Deus! Como você se humilhou, Padre! Tão grande fama, e agora assim..."

Sérgio não respondeu, apenas sorriu mansamente, colocando sua bolsa sob o banco em que estava sentado.

"Masha, você sabe quem é?", e em um sussurro Praskovia Mikhailovna disse à filha quem ele era, e juntas elas então levaram a cama e o berço para fora do quartinho e o limparam para Sérgio.

Praskovia Mikhailovna o levou ao quarto.

"Aqui você pode descansar. Não se ofenda... mas preciso sair."

"Para onde?"

"Tenho que ir a uma aula. Tenho vergonha de lhe dizer, mas ensino música!"

"Música? Mas isso é bom. Só uma coisa, Praskovia Mikhailovna, eu vim até você com um objetivo definido. Quando posso ter uma conversa com você?"

"Ficarei muito feliz. Esta noite serve?"

"Sim. Mas uma coisa mais. Não fale sobre mim, ou diga quem eu sou. Eu me revelei apenas a você. Ninguém sabe para onde eu fui. Deve ser assim."

"Ah, mas eu contei para minha filha."

"Bem, peça a ela para não mencionar isso."

E Sérgio tirou as botas, deitou -se e imediatamente adormeceu depois de uma noite sem dormir e uma caminhada de quase quarenta verstas.

Quando Praskovia Mikhailovna voltou, Sérgio estava sentado no quartinho esperando por ela. Ele não saiu para jantar, mas comeu um pouco de sopa e mingau que Lukeria trouxe para ele.

"Como é que você voltou mais cedo do que disse?", perguntou Sérgio. "Posso falar com você agora?"

"Como é que eu tenho a felicidade de receber tal hóspede? Perdi uma de minhas aulas. Isso pode esperar... Eu sempre planejei ir ver você. Eu escrevi para você, e agora essa felicidade chegou."

"Pashenka, por favor, ouça o que vou lhe dizer sobre uma confissão feita a Deus na minha última hora. Pashenka, não sou um homem santo, não sou tão bom quanto um simples homem comum; Sou um pecador repugnante, vil e orgulhoso que se extraviou e que, se não pior do que todos os outros, é pelo menos pior do que a maioria das pessoas muito más."

Pashenka olhou para ele primeiro com olhos fixos. Mas ela acreditou no que ele disse e, quando tocou a mão dele, sorrindo com pena, disse:

"Talvez você exagere, Stiva?"

"Não, Pashenka. Eu sou um adúltero, um assassino, um blasfemador e um enganador."

"Meu Deus! Como é isso?" exclamou Praskovia Mikhailovna.

"Mas devo continuar vivendo. E eu, que achava que sabia tudo, que ensinava os outros a viver, não sei nada e peço que você me ensine."

"O que você está dizendo, Stiva? Você está rindo de mim. Por que você está sempre rindo de mim?"

"Bem, se você acha que estou rindo, faça como quiser. Mas me diga mesmo assim como você vive e como tem vivido sua vida."

"Eu? Sim, vivi uma vida muito desagradável e horrível, e agora Deus está me punindo como eu mereço. Eu vivo tão miseravelmente, tão miseravelmente..."

"Como foi seu casamento? Como você vivia com seu marido?"

"Foi tudo ruim. Casei-me porque me apaixonei da maneira mais desagradável. Papai não aprovou. Mas eu não quis ouvir nada e acabei por me casar. Então, em vez de ajudar meu marido, atormentei-o com meu ciúme, que não pude conter."

"Ouvi dizer que ele bebia..."

"Sim, mas não lhe dei nenhuma paz. Eu sempre o repreendi, embora você saiba que é uma doença! Ele não podia evitar isso. Agora me lembro de como tentei evitar que ele a tivesse, e das cenas assustadoras que tivemos!"

E ela olhou para Kasatsky com olhos lindos, sofrendo com a lembrança.

Kasatsky lembrou-se de como lhe contaram que o marido de Pashenka costumava bater nela, e agora, olhando para o pescoço fino e mirrado com veias proeminentes atrás das orelhas, e seu cacho de cabelo escasso, meio grisalho meio ruivo, ele parecia ver exatamente como havia ocorrido.

"Então fiquei com dois filhos e sem recursos."

"Mas você tinha uma propriedade!"

"Oh, nós vendemos isso enquanto Vasya ainda estava vivo, e todo o dinheiro foi gasto. Tínhamos que viver e, como todas as nossas jovens, eu não sabia ganhar nada. Eu era particularmente inútil e indefesa. Então, gastamos tudo o que tínhamos. Ensinei as crianças e melhorei um pouco minha própria educação. E então Mitya adoeceu quando já estava na quarta série, e Deus o levou.

Manechka se apaixonou por Vânya, meu genro. E... bem, ele é bem-intencionado, mas infeliz. Ele está doente."

"Mamãe!" – a voz de sua filha a interrompeu – "Tome Misha! Não posso estar em dois lugares ao mesmo tempo."

Praskovia Mikhailovna estremeceu, mas se levantou e saiu da sala, pisando rapidamente em seus sapatos remendados. Ela logo voltou com um menino de dois anos em seus braços, que se jogou para trás e agarrou seu xale com as mãozinhas.

"Onde eu estava? Ah, sim, ele tinha um bom posto aqui, e seu chefe também era um homem gentil. Mas Vânya não pôde continuar e teve que desistir de sua posição.

"Qual é o problema com ele?"

"Neurastenia... é uma queixa terrível. Consultamos um médico, que nos disse que deveria ir embora, mas não tínhamos meios... Sempre espero que passe por si mesmo. Ele não tem nenhuma dor em particular, mas..."

"Lukeria!" gritou uma voz raivosa e fraca. "Ela é sempre mandada a algum lugar quando eu a quero. Mamãe..."

"Estou indo!" Praskovia Mikhailovna novamente se interrompeu. "Ele ainda não jantou. Ele não pode comer conosco."

Ela saiu e arrumou alguma coisa, e voltou enxugando as mãos finas e escuras.

"Então é assim que eu vivo. Sempre reclamo e sempre estou insatisfeita, mas graças a Deus os netos são todos bonzinhos e saudáveis, e ainda podemos viver. Mas por que falar de mim?"

"Mas do que você vive?"

"Bem, eu ganho um pouco. Como eu não gostava de música, mas como ela é útil para mim agora!" Sua pequena mão estava sobre a cômoda ao lado da qual ela estava sentada, e ela tamborilou um exercício com os dedos finos.

"Quanto você ganha por uma aula?"

"Às vezes um rublo, às vezes cinquenta copeques, às vezes trinta. Eles são todos tão gentis comigo."

"E seus alunos estão tendo sucesso?" perguntou Kasatsky com um leve sorriso.

Praskovia Mikhailovna não acreditou a princípio que estivesse perguntando a sério e olhou inquisitivamente em seus olhos.

"Alguns deles estão fazendo progresso. Uma delas é uma moça esplêndida – a filha do açougueiro – uma moça tão boa e gentil! Se eu fosse uma mulher inteligente, é claro que, com as conexões que papai tinha, conseguiria encontrar um lugar para meu genro. Mas, do jeito que está, não consegui fazer nada, e trouxe todos para isso, como você vê."

"Sim, sim", disse Kasatsky, abaixando a cabeça. "E como é, Pashenka? Você participa da vida da Igreja?"

"Ah, não fale disso. Eu sou tão ruim assim, e tenho negligenciado isso assim! Mantenho os jejuns com as crianças e às vezes vou à igreja, e às vezes não vou por meses. Eu só envio as crianças."

"Mas por que você não vai sozinha?"

"Para dizer a verdade", ela corou, "Tenho vergonha, por causa da minha filha e das crianças, de ir lá com roupas esfarrapadas, e não tenho mais nada. Além disso, sou apenas preguiçosa."

"E você reza em casa?"

"Eu rezo. Mas que tipo de oração é essa? Apenas mecânica. Eu sei que não deveria ser assim, mas me falta um sentimento religioso real. A única coisa é que só você sabe todas as suas coisas nojentas..."

"Sim, sim, isso mesmo!" disse Kasatsky, como se estivesse aprovando.

"Estou indo! Estou indo!" ela atendeu a um chamado do genro e, endireitando o lenço na cabeça, saiu do quarto.

Mas desta vez demorou muito para que ela voltasse. Quando ela voltou, Kasatsky estava sentado na mesma posição, os cotovelos apoiados nos joelhos e a cabeça baixa. Mas sua bolsa estava amarrada nas costas.

Quando ela entrou, trazendo uma pequena lamparina de estanho sem tampa, ele ergueu seus belos olhos cansados e suspirou profundamente.

"Eu não disse a eles quem você é", ela começou timidamente. "Só disse que você é um peregrino, um nobre, e que eu o conhecia. Venha para a sala de jantar para o chá."

"Não..."

"Bem, então, vou trazer um pouco para você aqui."

"Não, não quero nada. Deus te abençoe, Pashenka! Eu estou indo agora. Se você tem pena de mim, não conte a ninguém que você me viu. Pelo amor de Deus não conte a ninguém. Obrigado. Eu me curvaria aos seus pés, mas sei que isso faria você se sentir estranha. Obrigado, e me perdoe pelo amor de Deus!"

"Dê-me sua bênção."

"Deus te abençoe! Perdoe-me pelo amor de Cristo!"

Ele se levantou, mas ela não o deixou ir até que lhe desse pão, manteiga e biscoitos. Ele pegou tudo e foi embora.

Estava escuro e, antes de passar pela segunda casa, ele se perdeu de vista. Ela só sabia que ele estava lá porque o cachorro da casa do arcipreste estava latindo.

"Então era isso que meu sonho significava! Pashenka é o que eu deveria ter sido, mas não consegui ser. Eu vivia para os homens a pretexto de viver para Deus, enquanto ela vivia para Deus imaginando que vive para os homens. Sim, uma boa ação – um copo de água dado sem pensar em recompensa – vale mais do que qualquer benefício que imaginei estar concedendo às pessoas. Mas, afinal, não havia um desejo sincero de servir a Deus?" ele perguntou a si mesmo, e a resposta foi: "Sim, houve, mas estava tudo sujo e coberto pelo desejo de louvor humano. Sim, não há Deus para o homem que vive, como eu, para louvor humano. Agora vou buscá-Lo!"

E ele caminhou de aldeia em aldeia como tinha feito em seu caminho para Pashenka, encontrando e se despedindo de outros peregrinos, homens e mulheres, e pedindo pão e uma noite de descanso em nome de Cristo. Ocasionalmente, alguma dona de casa irritada o repreendia, ou um camponês bêbado o insultava, mas na maioria das vezes ele recebia comida e bebida e até mesmo algo para levar consigo. O seu porte nobre dispunha algumas pessoas a seu favor, enquanto outras, ao contrário, pareciam satisfeitas com a visão de um cavalheiro que viera para a mendicância.

Mas sua gentileza prevaleceu com todos.

Muitas vezes, encontrando um exemplar dos Evangelhos em uma cabana, ele o lia em voz alta e, quando o ouviam, as pessoas sempre ficavam tocadas e surpresas, como algo novo, mas familiar.

Quando ele conseguia ajudar as pessoas, seja por conselhos, ou por seus conhecimentos de leitura e escrita, ou resolvendo alguma briga, ele não esperava para ver a gratidão deles, mas ia embora logo em seguida. E pouco a pouco Deus começou a se revelar dentro dele.

Certa vez, ele caminhava com duas velhas e um soldado. Eles foram parados por um grupo composto por uma dama e um cavalheiro em uma carruagem e outra dama e cavalheiro a cavalo. O marido estava a cavalo com a filha, enquanto na carruagem a mulher conduzia com um francês, evidentemente um viajante.

O grupo parou para deixar o francês ver os peregrinos que, de acordo com uma superstição popular russa, vagavam de um lugar para outro em vez de trabalhar.

Eles falavam francês, pensando que os outros não os entenderiam.

“Demandez-leur”, disse o francês, “s'ils sont bien surs de ce que leur pelerinage est agreable a Dieu.”[4]

A pergunta foi feita e uma velha respondeu:

“Como Deus leva. Nossos pés alcançaram os lugares sagrados, mas nossos corações podem não tê-lo feito.”

Eles perguntaram ao soldado. Ele disse que estava sozinho no mundo e não tinha para onde ir.

Eles perguntaram a Kasatsky quem ele era.

“Um servo de Deus.”

“Qu'est ce qu'il dit? Il ne repond pas.”

“Il dit qu'il est un serviteur de Dieu.”

“Cela doit etre un fils de pretre. Il a de la race. Avez-vous de la petite monnaie?”[5]

O francês encontrou alguns trocados e deu vinte copeques a cada um dos peregrinos.

“Mais dites leur que ce n'est pas pour des cierges que je leur donne, mais pour qu'ils se regatent de the. Chay, chay, pour vous, mon vieux!”[6] Ele disse com um sorriso. E deu um tapinha no ombro de Kasatsky com a mão enluvada.

“Que Cristo o abençoe”, respondeu Kasatsky sem recolocar o chapéu e abaixar a cabeça calva.

---

[4] "Pergunte a eles" - “se têm certeza de que sua peregrinação agrada a Deus”.
[5] "O que ele está dizendo? Ele não responde."
“Ele diz que é um servo de Deus.”
“Deve ser o filho de um padre. Ele tem raça. Você tem troco sobressalente?”
[6] “Mas diga-lhes que não é para as velas que eu lhes dou, mas para que apreciem o chá. Chá, chá, para você, velho!”

Alegrou-se particularmente com esta reunião, porque ele desprezava a opinião dos homens e fez a coisa mais simples e fácil: aceitou humildemente vinte copeques e os deu ao seu camarada, um mendigo cego. Quanto menos importância ele dava à opinião dos homens, mais ele sentia a presença de Deus dentro dele.

Durante oito meses Kasatsky andou assim e no nono mês foi preso por não ter passaporte. Isso aconteceu em um abrigo noturno em uma cidade provinciana onde ele havia passado a noite com alguns andarilhos. Ele foi levado para a delegacia, e quando perguntado quem era e onde estava seu passaporte, respondeu que não tinha passaporte e que era um servo de Deus. Ele foi classificado como um vagabundo, condenado e enviado para viver na Sibéria.

Na Sibéria, estabeleceu-se como empregado de um camponês abastado, onde trabalha na horta, ensina crianças e atende os doentes.

O Autor:

Liev Nikoláievitch Tolstói: escritor russo; amplamente reconhecido como um dos maiores de todos os romancistas, particularmente conhecido por suas obras-primas *Guerra e Paz* e *Anna Kariênina*; em seu escopo, amplitude e representação realista da vida russa, os dois livros estão no auge da ficção realista.

Como filósofo moral, ele se destacou por suas ideias sobre resistência não-violenta por meio de sua obra *O Reino de Deus está dentro de vós*, que por sua vez influenciou figuras do século XX como Mahatma Gandhi e Martin Luther King.

www.ingramcontent.com/pod-product-compliance
Lightning Source LLC
Chambersburg PA
CBHW021338160726
47994CB00007B/2753